Infection Mondiale:

Apocalypse Zombie - Un Thriller Apocalyptique

George Craftve

"A 2h33 du matin, je me suis réveillé soudainement terrifié en voyant une masse sombre dans le coin de ma chambre qui me regardait sans cesse, la peur s'estompa quand j'ai vu que c'était mon chien Bob, cependant, j'ai trouvé inhabituel qu'il me grogne dessus, puis mon corps s'est figé quand j'ai entendu une voix bourrue derrière moi dire, "ce n'est pas contre toi qu'il grogne". **Sentiment d'obscurité.**

Index

Avant-propos

Dans un lieu secret souterrain situé dans les montagnes d'Austin, au Texas, un groupe secret de la CIA connu sous le nom des "Exterminateurs" fait irruption dans un laboratoire de sécurité maximale appelé UMCELL pour tuer tous les scientifiques qui ont fait partie du projet ultra-secret du gouvernement connu sous le nom de ZALFA. Par accident, et contrairement à leurs plans, ils libèrent un virus abominable qui se propage sans contrôle dans le monde entier. Les infectés, malgré leur apparence de morts-vivants, sont extrêmement dangereux et ont pour seul objectif d'anéantir tout ce qui bouge devant eux.

Le protagoniste de cette histoire est le virologue Luke Brown, âgé de 38 ans, qui vit avec sa famille dans la petite ville de College City près d'Austin, au Texas. Il sera impliqué dans une histoire palpitante du début à la fin lorsque l'apocalypse sera déchaînée sur la terre...

Chapitre 1
Contagion

- Karly ! Karly chérie, allez, réveille-toi ! Nous devons partir maintenant. -On entendit soudain une voix masculine crier à l'entrée de la chambre de cette pièce qui s'illumina pendant quelques secondes avant de retomber dans l'obscurité. Ce n'était pas un simple ordre ; à en juger par le ton de sa voix, cela indiquait qu'il s'agissait de quelque chose de sérieux.

Qu'est-ce qu'il y a mon amour... pourquoi... si tôt à la maison, si... ? Répondit-elle avec hésitation à son mari en ouvrant ses yeux endormis comme des soucoupes. Elle n'arrivait même pas à imaginer ce qui se passait. Et pourquoi son mari était rentré si tôt du travail, alors qu'il venait de commencer son service, ce qu'il n'avait jamais fait auparavant. - Qu'est-ce qu'il y a, chérie, pourquoi tu rentres en criant comme ça ? Tu m'as fait peur... et au fait, où veux-tu que je t'accompagne à cette heure-ci ? - demanda-t-elle à nouveau, hésitante, en sortant du lit et en s'asseyant sur le bord du lit, faisant une grimace d'inquiétude et s'exclamant : "Ne me dis pas que ta mère est malade". - A ce moment-là, c'était la seule chose logique qui pouvait justifier une scène aussi exagérée.

-C'est le moins que l'on puisse dire. Nous devons partir dès que possible. Prends des vêtements, je vais chercher les garçons et les emmener dans leur chambre. Je t'attends dans la voiture, nous n'avons pas beaucoup de temps.

- Mais chérie, explique-toi.

Allez, arrête de demander, femme", murmura-t-il avec impatience, en courant dans un petit couloir qui menait à des chambres au fond, son visage anxieux indiquant qu'il se passait quelque chose de terrible, à en juger par son apparence tachée de mousse foncée et de boue collante, que l'on pouvait voir sur tous ses vêtements. -Il ne fallut pas plus d'une minute et demie pour qu'il redescende l'autre escalier à vive allure, accompagné de ses deux enfants et de la jeune femme, qui étaient sur ses talons, absorbés par les étranges agissements de leur père.

- Maintenant, je veux des explications, Luke. Qu'est-ce qui se passe, pour nous réveiller à dix heures du soir comme si nous fuyions quelque chose ? -s'exclama Karly d'un ton furieux, tandis qu'elle s'installait sur le siège passager avant et que les enfants prenaient place à l'arrière. A ce moment précis, Karly n'a même pas pensé à ce qui allait commencer.

Arrêtons de tergiverser... derrière, attachez vos ceintures. Luke l'avait ordonné en jetant un coup d'œil dans le rétroviseur et en démarrant le moteur pour quitter College City à toute vitesse sur les routes poussiéreuses de l'inter-État, en évitant tout détachement militaire qui, à cette heure, serait sûrement en train de faire un tour de sécurité autour du comté.

- Hey Luke, je n'aime rien de tout ça, tu me fais peur avec la façon dont tu agis", a refusé sa femme quelques minutes plus tard, "en plus, pourquoi on prend ce chemin de terre et pas la route fédérale qui va à Austin ? Tu ne vois pas que c'est dangereux, et tu ne veux même pas nous le dire....

-Tu peux la fermer, tu ne vois pas que tu me rends plus nerveuse que je ne le suis, et si tu continues à crier comme ça, on va s'écraser. -lui a crié son mari sans même se retourner pour la regarder. En dix ans de mariage, Luke n'avait jamais haussé la voix devant sa femme. Et il ne l'a certainement pas fait parce qu'il était impoli, mais plutôt parce que la nervosité et l'incertitude qui régnaient en lui à ce moment-là ont accentué sa peur, ce qui l'a poussé à agir de la sorte. La Dodge Durango 4 x 4 roulait à toute allure sur une route poussiéreuse où l'on ne pouvait pas distinguer plus de deux mètres, et où le risque d'être bloqué augmentait. - Pardonnez-moi, mon amour. Je ne voulais vraiment pas..." murmura soudain Luke, s'excusant sans terminer sa phrase et sans regarder devant lui. Karly ne dit rien, et seul le silence fut sa réponse.

-Quelque chose d'épouvantable se prépare. -Il dit soudain, en passant sa salive, que même lui, qui connaissait toute l'énigme, ne savait pas avec certitude ce que les prochaines heures allaient apporter.

Qu'est-ce que tu veux dire en disant que quelque chose de terrible se prépare ? - demanda sa femme en lui jetant un regard étonné, puis en se retournant vers l'avant de la morne route, où le paysage changeait peu à peu et devenait complètement boisé.

Chapitre 2

-Quand on aura quitté la route, je vous raconterai tout. déclara-t-il en sortant son pistolet 9 mm de sa veste et en le plaçant dans un petit étui sur le côté du volant. Karly n'avait pas l'air bien, et une inquiétude dans son estomac commença à se répandre dans son corps jusqu'à ce qu'elle se transforme en peur.

 - Qu'est-ce que c'est que ce pistolet, Luke ? demanda-t-elle, soudainement surprise, alors qu'elle ne l'avait jamais sorti de la maison depuis qu'elle l'avait acheté il y a plus de dix ans. Elle lui demanda de nouveau, mais cette fois-ci dans un murmure, si tu as fait quelque chose que tu dois me dire. - Il continua en silence, tandis que la Dodge s'enfonçait de plus en plus dans les bois, jusqu'à ce qu'après quelques chemins de terre et bifurcations, il dise enfin : "Je ne veux pas que vous soyez surpris par ce que je vais vous dire là-bas", notifia-t-il aux deux jeunes gens. - Il avertit les deux jeunes garçons qui n'avaient pas plus de 10 ans et le pré-adolescent qu'on distinguait à peine dans l'obscurité qui régnait à l'intérieur de la voiture. Ils acquiescèrent tous et répondirent en chœur à un "oui papa" presque imperceptible.

 -Ils ont assassiné tout le monde dans le laboratoire. -Il avait avoué sèchement, tandis qu'un silence sordide s'installait pendant quelques secondes avant qu'un tumulte de questions de la part de sa femme ne résonne à l'intérieur. Qu'est-ce que tu viens de dire, Luke ? Comment ça, ils ont assassiné... mais quand... et qui ? Explique-toi. -Elle se dit consternée, pensant qu'il s'agissait d'une putain de plaisanterie.

 -Le gouvernement américain...

 Je ne comprends pas, qu'est-ce que tu veux dire par notre gouvernement ? Hé Luke, tu te moques de moi ?

-Papa, attention, regarde ce qu'il y a devant toi. -Luke freine brusquement, les faisant tous basculer vers l'avant et s'écraser contre le dossier des sièges avant, mais sans conséquences graves.

-Ces maudits cerfs. Ils ont failli me faire tomber de la falaise. -Il cria, tout en lançant quelques jurons et vitupérations lorsqu'il se rendit compte que le chemin de terre était terminé, car une dizaine de mètres plus loin, une épaisse bande d'arbres et de broussailles coupait la route. -Fin du chemin. Il n'y a plus qu'à continuer à pied. Ajouta-t-il, alors que Karly lui lançait un regard peu encourageant. Même si, à vrai dire, elle craignait ce que son mari avouerait plus tard et la raison de leur fuite.

- Jenny, Tom et Liam, prenez vos sacs à dos et sortez du véhicule. -avait ordonné Karly, tout en gardant un œil sur le côté droit où s'étendait la zone boisée la plus proche et d'où l'obscurité l'enveloppait. Luke sortit du véhicule et se dirigea vers le bord de la falaise qui commençait à environ 4 mètres sur le côté gauche de la route. Bien qu'il ait essayé de voir le bout, il n'y est pas parvenu, mais la falaise était sans aucun doute très profonde, et la descendre n'était pas une option viable.

Qu'est-ce qui se passe, papa ? -Luke n'a pas répondu, il s'est juste retourné et a marché vers la Dodge, l'a démarrée, a tourné le volant vers le côté de la falaise et a desserré le frein à main. La Dodge a alors commencé à avancer lentement, avant de plonger quatre mètres plus bas dans l'abîme de la falaise.

- C'est la goutte d'eau qui fait déborder le vase, dit Karly en portant les mains à sa tête, tu perds la tête. La voiture n'est même pas encore à nous, nous devons deux ans au concessionnaire et..., pourquoi as-tu fait ça Luke ?

-Restez calme, mon cœur ! Si nous laissons le véhicule ici, ils auront tôt fait de nous retrouver. Au moins, s'ils le trouvent au pied de cette falaise, ils penseront deux choses : premièrement, que nous avons perdu le contrôle et que nous sommes tombés la tête la première dans l'abîme, et deuxièmement, que nous sommes probablement allés vers le sud ou l'est. Et peut-être qu'ils abandonneront, mais j'en doute.

Aucun membre de sa famille bien-aimée ne savait ce que Luke faisait, ni à quels essais et expériences de laboratoire il participait, et c'était la "principale raison" pour laquelle ils s'enfuyaient si précipitamment.

Luke Brown, 38 ans, était un virologue réputé et respecté qui travaillait comme l'un des principaux testeurs d'un laboratoire connu sous le nom d'U.M.C.C.E.L.L., géré par la Central Intelligence Agency (CIA) comme un secret de sécurité absolu et dont même d'autres agences telles que le FBI ne connaissaient pas l'existence, à l'exception de la présidence, mais dont il ne savait pas non plus grand-chose sur l'emplacement. Umcell était une petite entreprise pharmaceutique de niveau de biosécurité 9, la plus élevée de son genre gérée par le gouvernement américain. Des expériences de toutes sortes y étaient menées, essentiellement dans le cadre de la guerre biologique. Bien entendu, aucune loi internationale ne s'oppose à l'expérimentation humaine.

Chapitre 3

Il n'a pas fallu plus de deux minutes à Luke et à sa famille pour comprendre où ils allaient. Ils ont donc commencé à marcher dans l'obscurité totale vers la droite, là où commençait la forêt la plus proche, guidés uniquement par la lumière de la pleine lune. Vers onze heures, alors qu'ils s'enfoncent dans la forêt, ils s'arrêtent pour recharger leurs batteries.

Après environ deux heures, Karly et Luke se réveillèrent et quittèrent prudemment, pour ne pas réveiller les enfants, la grotte isolée où ils s'étaient réfugiés quelques heures auparavant. Il fallait qu'ils parlent de la raison de leur fugue, et quoi de mieux que d'être seuls. De loin, on pouvait à peine apercevoir leurs ombres sous la pleine lune, cachée par d'épais nuages. Au moins, pour l'instant, ils pouvaient parler en toute sécurité en tant que mari et femme.

-Les enfants dorment... Maintenant, Luke, je veux que tu me dises ce qui se passe", dit sa femme d'un ton consterné, presque suppliant. -Il la regarda et acquiesça.

-Pendant tout ce temps, j'ai travaillé dans un laboratoire du gouvernement américain. Il avoua d'un air penaud, les yeux fixés sur l'horizon, qui n'était rien d'autre qu'un noir abyssal et des taches sombres des arbres eux-mêmes.

-Et je pensais que nous étions un vrai couple. Wow, tu as confiance en moi, Luke. Tu ne m'as jamais rien dit. Je vois que c'est comme ça que tu me fais confiance. -Elle grommela d'agacement, tandis qu'il tentait de s'excuser à voix basse pour ne pas réveiller les enfants.

-Le fait est que j'ai toujours travaillé sur des affaires secrètes, mais rien d'extraordinaire, sauf que depuis neuf mois, une équipe d'environ quarante virologues, biologistes et généticiens a été déplacée dans une zone secrète dans les montagnes d'Austin dans le seul but de créer, d'expérimenter et d'étudier certains des virus les plus dangereux de la planète.

- C'est... Je ne peux pas le croire, Luke. Ce n'est pas possible ! dit-elle en hésitant, un peu plus calme après avoir entendu la fin de l'histoire.

-C'est pour cela qu'il était toujours absent de la maison, et vous vous souvenez que vous lui en vouliez d'être surchargé de travail ? Au début, on nous a seulement dit que la création de virus très dangereux serait exclusivement destinée à la recherche et à la guérison de maladies dites chroniques qui donnaient des maux de tête au gouvernement en raison du coût élevé de leur traitement. Et que, selon les dernières recherches, la clé était les virus et la génétique. En principe, tout était logique, accepté et, comme prévu, personne ne s'est plaint. Lorsque j'ai commencé, bien que je sois le chef de l'expérimentation, à vrai dire, je ne savais pas qui était derrière tout cela, Umcell ou le gouvernement, mais quelle agence ? Mais un mois plus tard, j'ai découvert que celui qui finançait et était chargé de la sécurité de l'ensemble du projet était une aile, un groupe secret de la CIA elle-même, inconnu du monde entier.

Les jours et les semaines ont passé, jusqu'au jour où nous avons réussi à créer un virus synthétique particulièrement unique, basé sur le virus de la rage k1 donné exclusivement aux chauves-souris d'écorce. Le résultat final était effrayant, voire terrifiant.

- Mais Luke, quel est le rapport avec... tu as dit il y a quelques heures qu'ils avaient tué tout le monde, mais pourquoi ?

-C'est pourquoi je n'ai pas pu vous le dire à l'époque. Il nous était interdit de parler du projet sous peine de mort, même s'il s'agissait de notre conjoint. Ils ont même enregistré notre accord sur une caméra, indiquant que si nous violions cet accord, nous serions tués avec nos familles. À ce moment-là, il n'y avait aucun moyen de sortir du projet tant qu'il n'était pas terminé, je veux dire qu'à ce moment-là, nous ne savions pas où cela allait se terminer. -Luc avait avoué, tellement troublé que même ses mains commençaient à trembler comme s'il ressentait un froid terrifiant.

- Mon Dieu ! s'exclama-t-elle, sur le point de s'approcher de lui et de le serrer dans ses bras, essayant en quelque sorte de s'encourager et de se consoler, même si elle ne connaissait pas toute la vérité. Ils restèrent là quelques minutes sans dire un mot, jusqu'à ce que Luke décide de continuer, car ils ne pouvaient pas non plus rester là toute la nuit.

Chapitre 4

-Comme je vous le disais au début, tout semblait se dérouler selon les procédures que je suis habituellement dans ce genre d'expériences, jusqu'à ce qu'une nuit, pendant mon service, un groupe d'assaillants arrive, entièrement vêtu de noir, probablement du groupe de la CIA dont je vous ai parlé. Ils ne sont pas venus seuls, ils ont amené avec eux des personnes menottées, aux yeux bandés et aux yeux fermés. Des innocents contre leur gré... dans le seul but de tester la nouvelle série de virus que nous avions créée, y compris le virus de la rage synthétisé connu sous le nom de virus Zalfa.

J'ai du mal à y croire Luke... Je sais que tu es un virologue qui a toujours travaillé dans le secteur privé, et tout à coup... non, dis-moi que c'est une putain de blague, s'il te plaît... une de ces émissions de télé-réalité où il y a une caméra cachée, allez, dis-moi ça ! dit-il en haussant légèrement le ton et en regardant autour de lui comme s'il s'attendait à voir un complice de la farce, mais rien. Je t'en prie Luke, je te connais bien, je suis sûr que ça a un rapport avec le fait que nous sommes mariés depuis dix ans, c'est idiot n'est-ce pas ? demanda-t-il à nouveau alors qu'un léger sourire nerveux s'échappait comme s'il essayait de se convaincre lui-même : "Bien sûr, c'est en rapport avec notre anniversaire, j'ai l'intention de...".

-J'aimerais qu'il en soit ainsi, ma chère. Mais j'ai le regret de vous dire que ce que je vous raconte n'est en rien une plaisanterie. répondit-il, notoirement convaincu, qui à cette vue se retint de répondre. - Lorsqu'on nous a demandé d'expérimenter sur des humains, la plupart d'entre eux, sinon tous, ont refusé. Du point de vue de l'éthique et de la morale, et des accords internationaux, ce qu'on nous demandait de faire était inconcevable. Mais lorsque nous avons refusé, cinq membres ont été tués devant nous, ce qui constituait clairement une menace si nous refusions. Cette nuit-là a été un avant et un après, nous avons vraiment réalisé le danger d'avoir accepté de travailler pour eux. Par conséquent, nous n'avions pas d'autre choix que de commencer les tests sur les humains, et ce que nous pensions ne s'est pas produit... au-delà de l'appât que le gouvernement américain a utilisé pour nous convaincre d'accepter, avec l'histoire de la création du "remède" pour de nombreuses maladies dégénératives, ce qu'ils voulaient vraiment ; c'était la création d'armes biologiques, mais quelque chose s'est mal passé... C'est une chose terrible de se rappeler cela...", a-t-il dit sans terminer sa phrase, alors que sa voix se fendait à cause de la peur intense qui le poussait à imaginer ce qui pourrait arriver à toute sa famille s'ils étaient découverts. - Lorsque nous leur avons administré la première dose du virus Zalfa, comme on l'appelait, il ne s'est absolument rien passé dans les premières 24 heures. Mais le cauchemar est arrivé 5 heures plus tard. Ces personnes innocentes qui ont reçu l'agent nocif ont muté d'une manière jamais vue auparavant et théoriquement impossible. Quelque chose de complètement effrayant est apparu. -avoua Luke en se tortillant sous l'effet de l'angoisse qui l'avait envahi.

-C'est difficile à encaisser, mais Luke. Si tout ce que tu me dis n'est pas réellement produit par le gouvernement, enfin par des agences connues de tous, je ne comprends pas pourquoi nous avons fui ces... tu as dit qu'ils ont tué là-bas, en théorie ils devraient être punis par la loi, tu ne crois pas ? -dit sa femme sans recevoir de réponse immédiate.

-Malheureusement, ce n'est pas ainsi que les choses fonctionnent. La CIA contrôle tout. Mais ce n'est pas tout ce qui me préoccupe aujourd'hui. De tous les virus que j'ai connus en plus de 18 ans d'expérience, je peux vous assurer qu'il n'y a pas d'autre virus aussi extrêmement dangereux pour l'homme que celui qui arrive bientôt. -a déclaré succinctement le scientifique.

J'aimerais ne pas en savoir plus, mais pourquoi dites-vous que c'est si dangereux que ça arrive, qu'est-ce que vous voulez dire exactement ? demanda-t-elle à nouveau, consternée. Il n'était pas facile d'assimiler toutes les vérités que son mari lui révélait.

-Quelque chose a mal tourné. Dans une zone du virus, quelque chose a muté et... chez les souris que nous avons utilisées pour les tests, de nombreux virus génétiquement modifiés ne se sont pas contentés d'être des armes biologiques très efficaces, ils ont également permis de lutter contre certaines maladies chroniques, mais nous savions que cela n'avait pas vraiment d'importance pour le gouvernement qui souhaitait les développer. L'efficacité mortelle de certains des virus créés était de 100 % et, pour la plupart, ils étaient très faciles à utiliser et extrêmement contagieux, avec leurs effets mortels invisibles, mais ils n'étaient rien de plus que cela chez les animaux. Mais lorsque nous avons commencé à les utiliser chez l'homme, une chose théoriquement impossible s'est produite au niveau cellulaire, transformant tous les patients zéro en monstruosités qui ont stupéfié toute l'équipe. Nous ne savions pas pourquoi il avait muté lorsqu'il avait été utilisé chez l'homme. C'était trop fortuit. Avant cela, plus d'un millier de tests avaient été effectués sur des cellules sanguines à l'aide de la souche Zalfa originale et les changements qu'elle apportait dans certaines maladies, comme le cancer, consistaient à interrompre la réplication des cellules anormales en l'espace de quelques minutes. Dans d'autres cas, la stimulation de certaines zones du virus a donné aux cellules humaines une résistance, et si le virus était utilisé comme arme biologique, il causait des ravages en provoquant une inflammation brutale et en tuant la cellule en quelques secondes, ce qui, chez un individu, équivaudrait à une mort en quelques minutes. Mais dans la pratique contrôlée, il n'y a pas eu d'escalade. Il était donc quelque peu anormal qu'un événement d'une telle ampleur se produise, mathématiquement une fois sur 10 milliards. Mais lorsqu'il a été inoculé dans le système cellulaire de personnes vivantes, tout est devenu incontrôlable et le virus a commencé à muter de manière démoniaque. Je ne trouve pas les mots justes pour décrire la situation", s'étonne Karly, qui ne fait que murmurer le nom de son mari, mais ne sait pas quoi demander à ce moment-là. A cause de la peur terrible qui commençait à s'emparer d'elle, mais cette fois-ci d'une manière différente.

Chapitre 5

Il n'y a pas beaucoup d'études sur son fonctionnement, mais d'après ce que nous avons pu étudier, il détruit toutes les cellules souches du cerveau en moins de vingt-huit heures, ce qui fait que la personne perd totalement la tête, oublie ses souvenirs et toute sa vie, à l'exception des fonctions psychomotrices. Quelle que soit leur personnalité, ils deviennent des bêtes enragées sans raison, avec une seule chose en tête : tuer tout ce qui est différent de leur odeur et de leur espèce. Pour vous donner une image mentale de ce dont je parle. Ils sont semblables aux zombies que vous avez tant regardés..., semblables oui, du moins physiquement, mais leur comportement est beaucoup plus effrayant et terrifiant et ils sont beaucoup plus rapides et dangereux. En bref, ils seraient les alphas des zombies s'il en existait de fictifs. -Sur les trente personnes qu'ils ont emmenées contre leur gré au laboratoire, on s'est rendu compte que le virus Zalfa leur donnait une force extraordinaire d'au moins quatre fois celle d'une personne ordinaire, en plus de leur vitesse, et ce principalement parce que le virus en question accélérait furieusement la reproduction cellulaire à des niveaux théoriquement impossibles, et on n'en connaît pas la cause. C'est ce qui leur confère ces caractéristiques redoutables. En clair, ils ne se fatiguent pas, et même s'ils ont l'air malade, sombre et cadavérique, cela fait partie de leur nature. La plupart des abominations ont une nécrose prononcée sur la peau qui s'accentue de plus en plus jusqu'à s'arrêter à un moment donné, leur donnant une apparence grotesque et diabolique avec des canines légèrement agrandies et aiguisées, dues à la violente reproduction cellulaire dans les cellules osseuses, ainsi qu'une résistance peu commune chez les êtres vivants. Je veux dire par là que même si on leur vide le chargeur dans le corps, ils tombent, mais ils se relèvent, ce qui les rend exceptionnellement dangereux.

Lorsque nous avons mené avec succès les essais sur les humains et que les résultats ont été présentés aux hauts responsables du gouvernement, ils ont ordonné à un groupe de prisonniers, peut-être de la prison de haute sécurité d'Austin au Texas, de les jeter dans la section de confinement de haute sécurité, et ces créatures les ont tués... c'était terrible de voir comment quelques-unes de ces choses ont tué d'une manière indescriptible plus de soixante-dix condamnés qui pleuraient pour leur vie derrière le bouclier protecteur. Après cette scène brutale, il ne restait plus que des restes de corps mutilés et du sang éparpillé dans toute la salle de confinement. Après cette scène effroyable, toute l'équipe est restée silencieuse en observant avec terreur, à travers la fenêtre de protection, les créatures diaboliques qui tentaient de s'approcher férocement de nous en se cognant la tête contre la vitre blindée.

Malheureusement, le virus Zalpha contenait quelque chose d'unique que nous ne connaissions pas à l'époque, à savoir qu'il avait un pouvoir de contagion contre nature de 100 %. Presque tous les assistants qui ont administré le vaccin aux deux groupes ont été rapidement infectés, de sorte qu'ils ont dû être immédiatement isolés dans des sections spéciales du complexe. Et naturellement, comme prévu, l'aile secrète de la CIA est intervenue pour faire son travail et les exterminer. Aucun d'entre eux n'est resté en vie avant d'être transformé en ces choses. D'après ce que nous avons pu étudier, lorsqu'une personne est infectée, elle commence à présenter un comportement anormal dans les cinq heures qui suivent, notamment un comportement erratique et agressif accompagné d'une fièvre brutale. Mais ce n'est pas tout...

Dis-moi que je rêve, Luke. Et si ce n'est pas le cas, comment veux-tu que nous sortions de cet endroit au milieu de la nuit ? Je ne veux pas rester ici, j'ai peur qu'ils nous trouvent. murmura-t-elle, visiblement plus résignée que terrifiée.

Calme-toi, chérie, ils ne nous trouveront pas... Je ne dis pas cela pour t'angoisser, mais pour te faire prendre conscience de ce qui se prépare, afin que nous puissions nous en sortir.

-Comme je le disais, après avoir transmis le virus Zalpha aux humains, l'impensable s'est produit, du moins ce que nous croyions sur le plan biologique ; il y a eu des mutations anormales dans certains gènes codant pour des protéines de régénération, et le virus a muté en une nouvelle souche. Les personnes infectées par cette nouvelle souche sont devenues des créatures aberrantes beaucoup plus dangereuses et instables, ajoutant à leurs caractéristiques physiques les plus horribles. L'ajout d'un comportement cannibale a rendu impossible la tolérance mutuelle entre les personnes infectées par le virus Zalfa d'origine. Malheureusement, les deux souches sont trop virulentes et, sans vouloir vous effrayer, une pandémie mondiale se profile à l'horizon ! dit-il plus calmement, manifestement le fait d'avoir tout dit à sa femme lui a redonné le moral, mais l'incertitude l'enveloppait toujours. Dans une telle situation, personne ne serait calme. Puis il a ajouté - pour répondre spécifiquement à la question que tu m'as posée sur la raison pour laquelle nous nous sommes enfuis si nous pouvions aller le signaler, c'est simple ; je ne voulais pas te le dire, mais...

- Je ne veux plus écouter Luke, c'est au-delà de mon niveau d'intrigue. -Commenta Karly avec hésitation en portant les mains à son visage, comme si elle souhaitait se réveiller de son cauchemar. Mais ce fut momentané, car elle ne tarda pas à poser une question, même si elle le fit en espérant que son mari ne répondrait pas. -Ne me dites pas que cette histoire de vidéos sur le contrôle du monde et toutes ces choses folles sont en train de se réaliser ?

Chapitre 6

- Je ne sais pas, mais... Il est probable que des hauts responsables d'une agence secrète ou de la CIA ont pris connaissance des plans et ont mis au point cette opération à la dernière minute, évidemment sous le couvert de notre découverte. Ils savaient qu'ils ne pourraient pas être arrêtés. Et cette information que je vous livre, je l'ai connue quelques nuits avant que tout cela ne commence. Un matin, alors que je rentrais du travail sur l'autoroute qui traverse les bois, quelqu'un a piraté mon téléphone portable, allez savoir pourquoi, mais il a été intercepté, et il m'a laissé un message plutôt inquiétant. Je n'ai pas pu dormir ce jour-là, me demandant pourquoi moi et pas quelqu'un d'autre ? À vrai dire, je n'ai pas d'explication concluante, mais logiquement, c'est parce que j'étais responsable de la zone d'essai pour mettre au point un vaccin capable d'arrêter le processus cellulaire progressif une fois que le virus Zalpha 1 et 2 s'est fixé aux cellules cérébrales. Bien sûr, cet accident fortuit n'était pas prévu, mais néanmoins, en raison du risque, on nous a immédiatement demandé de créer un antidote au cas où. Normalement, les virus synthétiques sont créés en même temps que les antidotes, car on ne sait jamais comment ils vont agir. Nous nous sommes donc lancés à corps perdu dans la recherche d'un remède. Logiquement, ils ne devaient être accessibles qu'à l'élite.

-Et que dit le message laissé par Luc ?

-Il ne m'a pas dit pourquoi ils le faisaient, mais selon le bon sens et la logique, j'imagine que c'est pour réduire tout le monde. En résumé, le message était à peu près le suivant : "Vous devez fuir avec le remède. Une fois qu'ils auront commencé à infecter les civils de manière incontrôlée, rien n'arrêtera l'Armageddon. Vous serez le seul à pouvoir au moins sauver les humains de l'extinction. Tout cela a été planifié, ce n'est qu'une question de temps avant que la civilisation telle que nous la connaissons ne s'effondre. Celui qui a ordonné cela est ... (*interruption du signal*). C'est pourquoi je vous prie de ne pas vous montrer dans les jours qui viennent, parce qu'ils seront tués, je le sais parce que je fais partie de ceux qui iront, la CIA, mais je ne suis pas comme eux. Écoutez-moi. - C'est ce dont je me souviens. Je vous le montrerais bien, mais une fois que j'ai fini de l'écouter, il a disparu, je suppose qu'il l'a effacé. Au début, j'ai pensé que c'était une blague sanglante, mais... d'après ce que j'avais déjà vu, c'était forcément vrai. Et rétrospectivement, cette voix mystérieuse avait tout à fait raison. Il semblait perdu dans ses pensées, se souvenant peut-être de ce qu'il avait vécu il y a quelques heures, ou peut-être de l'incertitude d'être pris à tout moment. Sa femme ne dit rien, se contentant de garder les yeux sur lui, comme si elle essayait d'assimiler ce qui n'était pas normal.

Quand nous sommes arrivés ici, vous avez dit que tout le monde avait été tué, et comment avez-vous réussi à vous échapper ?

-Lorsque je me rendais au travail la nuit, j'avais l'habitude de prendre des raccourcis le long de certains embranchements du chemin de terre situé au cœur de la forêt du comté de Luge, que l'on m'ordonnait de suivre tous les deux ou trois jours. À certains endroits de la route, on m'avait demandé d'éteindre les phares de ma voiture, si bien qu'il m'était presque impossible de me repérer dans l'épaisse forêt, même si je pouvais évidemment savoir où je me trouvais. À ce moment-là, une voiture noire apparaissait toujours devant moi avec une seule lumière allumée à l'intérieur, puis, sur mon téléphone, on m'ordonnait de laisser la voiture sous un petit hangar à l'intérieur d'une montagne, manifestement construit par le gouvernement. Ensuite, j'ai marché sur une distance d'environ 350 mètres, aidé d'une torche. Toujours devant moi, j'écoutais les bruits de pas, veillant sûrement à ce que je ne m'égare pas et à ce que je connaisse la géographie des lieux. J'ai ensuite atteint l'entrée du bunker souterrain où j'ai été minutieusement inspecté par des hommes en noir.

Il me semble qu'il y a quelques minutes, je suis arrivé au travail et, malgré le message inquiétant, je pensais qu'il s'agissait d'un quart de travail comme les autres. J'ai traversé quelques sections du complexe et quelques ascenseurs jusqu'à ce que j'atteigne ma section de travail, la zone de test, et j'étais en train d'écrire quelque chose sur un formulaire lorsque le cauchemar a commencé vers huit heures quarante. Un groupe vêtu de noir, cagoulé et armé de fusils d'assaut, a emprunté certains couloirs et a commencé à ouvrir le feu sans discrimination, quel que soit le statut des scientifiques. J'avais l'habitude d'être dans l'unité A32 devant moi où ils tuaient tout le monde, ce qui m'a donné quelques secondes pour courir en panique dans un couloir plein de barrières de sécurité, pendant que les hommes derrière moi tiraient et que les barrières qui avaient un délai de quelques secondes pour confirmer l'identité s'ouvraient et se fermaient, me sauvant ainsi la vie dans ces moments critiques. Du mieux que j'ai pu, j'ai réussi à atteindre les zones de ventilation qui communiquaient peut-être avec l'extérieur. On pouvait entendre leurs pas dans les autres sections, tandis que les cris terrifiés des camarades qui se faisaient tuer se faisaient entendre tout autour de la section en U. Logiquement, c'est par cette forme en U que j'ai réussi à m'échapper, car la CIA n'entrait pas par le côté gauche. Comme je connaissais parfaitement l'ensemble du complexe, avec mon accès identitaire, j'ai réussi à atteindre le dernier petit couloir à gauche qui menait à la zone des déchets toxiques où le risque d'attraper des virus ou des bactéries de toutes sortes était très élevé, en plus des deux nouvelles souches de zombies. J'étais bien conscient du risque, mais grâce à ma combinaison de protection de biosécurité, j'ai pu m'en sortir, je pense, indemne. J'ai immédiatement commencé, aussi vite que mes mains le permettaient, à dévisser des sortes de compartiments qui donnaient accès à l'extérieur, comme des tubes où l'on ne pouvait passer qu'en retirant les protections et en éteignant le filtre. Bien que les agents de la CIA portaient des combinaisons spéciales pour circuler dans les zones non dangereuses du bunker, ils ont dû mettre des protections supplémentaires pour entrer, évidemment dans la section où je me trouvais, un temps que je n'ai pas perdu, et je me suis échappé.

Notoirement perturbée, Karly s'assit sur un rocher. La position debout était inconfortable après avoir su ce que son cher Luke avait traversé. -Quand j'étais enfin sur le point de sortir, une odeur nauséabonde m'a envahie d'un seul coup et je me suis arrêtée une seconde, et dans le fond, je pouvais distinguer des masses dans des sacs noirs qui étaient probablement les cadavres de ces choses maléfiques. Lorsque j'ai finalement réussi à sortir par une sorte de tuyau de ventilation, et malgré la peur extrême que je ressentais, j'ai commencé à descendre frénétiquement la paroi rocheuse à l'arrière de la montagne qui se trouvait à l'arrière du complexe. À plusieurs reprises, j'ai failli me tuer en glissant sur la mousse noire qui était répandue à certains endroits et c'est pourquoi mes vêtements étaient tachés à mon arrivée. En à peine cinquante secondes, et avec le danger que cela représentait, je suis arrivé en bas sans encombre, Dieu merci. L'erreur que j'ai commise est de ne pas avoir enlevé ma combinaison de biosécurité en haut, mais j'espère tout de même ne pas l'avoir attrapée. Une fois en bas, je l'ai soigneusement enlevée et je l'ai laissée au bord d'un ruisseau. J'ai oublié beaucoup d'autres détails à cause du choc et de l'effroi que je ressentais à ce moment-là.

Soudain, une meute de chiens se fit entendre dans la zone de haute montagne, tandis que je courais de toutes mes forces dans l'obscurité de cet endroit boisé. Dans les minutes qui s'étaient écoulées depuis mon évasion du complexe, l'aile de la CIA de la garde avait probablement informé les supérieurs, quels qu'ils soient, que quelqu'un s'était échappé, et ils étaient donc probablement morts à l'heure qu'il est à cause de leur incompétence. Heureusement, je n'ai pas passé beaucoup de temps à courir lorsque j'ai atteint la route fédérale principale menant à College City. A ma grande surprise, il n'y avait toujours pas de soldats en vue, et j'ai repéré un véhicule civil qui approchait, auquel je n'ai pas hésité à demander de m'emmener. Bien sûr, je craignais qu'il y ait déjà un détachement devant moi qui vérifie les voitures, mais ce n'était pas le cas. Grâce à cela, j'ai pu rentrer rapidement chez moi. Si le véhicule de cet agriculteur n'était pas passé, ils m'auraient vite rattrapé.

-Ce n'est pas de l'amour, mon Dieu, quelle horreur d'entendre cela et plus encore de ta part ! -murmura encore sa femme en portant ses mains à son visage. Il est évident que son esprit a été perturbé par tout ce qu'elle a entendu, en particulier la dernière partie. - Alors Luke, maintenant que je sais tout cela, où comptes-tu aller ? Logiquement, s'ils ne nous trouvent pas ce soir, demain ils passeront l'endroit au peigne fin avec leurs sacs et...

-Ne vous inquiétez pas, j'y ai pensé, c'est pour cela qu'il est vital que nous sortions d'ici ce soir. Car s'ils ne nous trouvent pas, nous aurons le temps de très bien nous cacher à l'ouest quand tout commencera à s'effondrer, il y a beaucoup de villages abandonnés dans ces régions....

Je comprends Luke, mais cela me fait peur... comment allons-nous nourrir nos enfants tout en gardant un œil sur vous savez quoi ?

-C'est le moins que l'on puisse dire, l'important maintenant est de sortir de cette maudite forêt le plus vite possible. Car il va sans dire que s'ils nous trouvent ce qu'ils nous feront. Mais nous avons encore le temps, allons nous reposer une demi-heure et une fois reposés nous nous dirigerons en toute hâte vers le 043 qui passe près de cette forêt et qui n'est plus guère utilisé. -avait dit Luke en serrant sa femme dans ses bras avant de se diriger vers la grotte où ses enfants dormaient sous les quelques lueurs de la pleine lune que l'on pouvait apercevoir.

À l'époque, la CIA et certains hauts fonctionnaires voulaient tuer Luke Brown par tous les moyens, peut-être parce qu'ils craignaient qu'il ne révèle des informations au monde entier. Toutefois, au fil des heures, cette éventualité s'est éloignée, car les satellites américains ont été immédiatement piratés et tous les services ont été suspendus, laissant le pays le plus puissant du monde incommunicado, tant à l'intérieur qu'à l'extérieur, pendant les 12 heures qui ont suivi. Une chose que Luke n'a pas dite à sa femme, c'est que la principale préoccupation des cerveaux qui voulaient provoquer une apocalypse mondiale était qu'il avait entre les mains le remède, le principal et unique antidote qui fonctionnait, et dont il était le principal développeur. Il l'avait dans sa veste, dans un petit étui. Ils voulaient l'avoir entre les mains au cas où ils seraient infectés. En effet, les souches 1 et 2 se transmettent par les morsures et les sécrétions corporelles telles que la salive et le sang.

L'antidote créé par Luke était capable de développer une formidable réponse immunitaire efficace à 97,5 %, même après une exposition de plus de deux heures. La réponse était très invasive, mais elle pouvait inverser cellulairement le virus Zalpha à condition de ne pas dépasser deux heures d'exposition, car s'il était administré plus de 5 heures après l'infection, il l'inverserait, mais laisserait de graves séquelles. Cependant, même si Luke connaissait le processus de fabrication du vaccin en grande quantité, il était impossible que cela se produise dans un avenir proche, car il ne disposerait pas des installations nécessaires à sa fabrication. À ce stade, cela n'avait plus d'importance, car ce n'était plus qu'une question d'heures ou de jours avant que l'effondrement mondial ne commence.

Chapitre 7
Disparition

-Allez les enfants ! C'est l'heure d'y aller ! - ordonna Karly en les secouant, essayant de les faire se lever, ce qu'ils firent avec réticence.

-Maman, j'ai sommeil", dit l'un des plus jeunes enfants.

-Je suis désolé, chéri, mais nous ne pouvons pas rester ici plus longtemps. Allez ! C'est l'heure. Dépêche-toi.

- Mais maman, maintenant ? - dit Tom d'un ton plaintif en bâillant légèrement.

Oui, tu as entendu ta mère, allons-y ! -avait ordonné Luke en mettant deux sacs à dos sur son épaule et en commençant à partir.

À l'aide d'une application sur son téléphone qui affichait une carte peu détaillée, Luke et sa famille ont filé pendant des heures à travers la forêt, essayant de se frayer un chemin et d'arriver le plus rapidement possible dans la gigantesque forêt de Houston Texas, l'une des plus grandes des États-Unis, qui s'étendait sur plus de 80 kilomètres d'un bout à l'autre et abritait des villes fantômes. Ils avaient choisi cet endroit entre Luciana et la frontière du Texas parce qu'il s'agissait d'un lieu isolé où il serait plus facile d'éviter l'apocalypse à venir. Mais à vrai dire, rien n'était sûr à ce moment-là, car il y aurait alors des postes de contrôle militaires sur toutes les routes de l'État.

Lorsqu'ils atteignent enfin l'Interstate 043 en mode paysage d'est en ouest, ils aperçoivent par chance un énorme camion de marchandises qui va les doubler. Malgré l'énorme risque encouru, ils n'hésitent pas à demander qu'on les emmène en prétextant que leur voiture est bloquée de l'autre côté de la forêt. Le chauffeur, sans avoir la moindre idée de ce que c'était que de conduire cet homme et sa famille, n'a pas hésité à les faire monter et à les déposer près de la forêt de San Houston susmentionnée, où ils n'ont roulé qu'environ trois heures sur des chemins de terre défoncés et solitaires, avant de s'enfoncer de plus de 80 kilomètres dans les profondeurs de la forêt.

Vers quatre heures et demie du matin, ils avaient réussi, malgré la fatigue, à atteindre l'immense forêt où régnait une végétation dense, un aspect qui les favorisait grandement dans la situation où ils se trouvaient.

Ce que Luke ignorait alors, c'est qu'au cours des douze dernières heures, en raison de la virulence de l'agent pathogène, le chaos avait commencé, et pas seulement à Austin, College, mais dans les grandes villes des États-Unis, et ce n'était qu'une question de temps avant qu'il ne s'étende au monde entier. Quinze heures plus tôt, lorsqu'il a failli être tué à l'intérieur du complexe Umcell, comme on l'appelait, quelques heures plus tard, tout le personnel de sécurité et les hommes de main de la CIA ont été infectés à leur insu par les deux souches du virus Zalpha, et c'est ainsi qu'ils ont involontairement infecté des milliers et des milliers de personnes au cours des 15 heures suivantes. Par la suite, la chaîne de transmission s'est poursuivie de manière violente et incontrôlée à travers différentes villes. À ce moment-là, les meneurs qui voulaient initialement provoquer l'apocalypse n'ont même pas eu le temps de la planifier, car l'Armageddon a commencé plus tôt et les a pris au dépourvu. Quinze heures après la propagation de la pandémie, le haut commandement du Pentagone et de la CIA a donné l'ordre de libérer l'armée pour tuer toutes les personnes qui présentaient les symptômes initiaux connus à l'avance, ainsi que d'autres symptômes apparus soudainement, tels que l'écume à la bouche, une psychose violente et des changements anormaux de la couleur de la peau.

Le désarroi règne et l'anarchie commence à s'installer. Les gens n'ont aucune idée de ce qui se passe. Il n'a fallu que quelques heures pour qu'Austin Texas soit infectée et qu'une guerre sanglante de survie s'engage entre la population et les morts-vivants. La contagion est telle que les quelques heures qui suivent suffisent aux créatures pour semer la terreur dans tout l'État. Malheureusement, les personnes envoyées sur les lieux de l'infection ne parviennent pas à contenir les abominations et la contagion. Au fil des heures et des jours, le nombre de militaires affectés à la mission a diminué, car ils ont commencé à être infectés au point de disparaître progressivement. Il n'a fallu que quelques semaines pour que la contagion locale recouvre l'ensemble du pays, et bien que certains scientifiques aient alerté le monde pour qu'il ferme les frontières, cela n'a pas suffi à l'arrêter, car elle avait déjà franchi les frontières quelques heures auparavant. Et ce n'était qu'une question de temps avant que la terreur ne se répande à travers le monde.

Un agent inconnu et extrêmement mortel est en train de déclencher une pandémie mondiale, qui ne s'arrêtera peut-être pas avant d'avoir infecté le dernier être vivant sur terre.

Au fil des semaines, le nombre de personnes a commencé à diminuer frénétiquement sur tous les continents, laissant place à une nouvelle race, blasphématoire et putride, qui dévorait tout ce qui se trouvait devant elle.

Chapitre 8

Au bout de quelques jours, Luke et sa famille sont parvenus sans encombre à la frontière de Luciana, où ils ont trouvé un village abandonné, Babel, situé à flanc de montagne. Un endroit idéal pour survivre à l'apocalypse zombie qui sévissait dans la plupart des pays de la planète. Ils s'installèrent dans une vieille et immense maison en bois à la périphérie de la ville fantôme. Heureusement, dans les armoires poussiéreuses de cette maison, ils ont trouvé deux vieux fusils de chasse de calibre 16 et quelques munitions qui leur seraient très utiles pour tenter de survivre en cas d'arrivée des créatures.

-Notre ancienne vie me manque, Luke. remarqua Karly sur le bord du balcon du deuxième étage de la maison, d'où elle pouvait observer tout ce qui tentait de s'approcher par la route étroite et caillouteuse qui était la seule à mener au petit village d'une soixantaine de maisons au maximum, le long d'une longue allée.

- Oui, mon amour, je crains que nous ne puissions jamais retrouver cette vie, mais nous devrions au moins nous estimer heureux d'être encore en vie. répondit-il en tenant la paire de fusils de chasse de calibre 16 qu'il n'hésiterait pas à utiliser s'il apercevait de près ces satanées choses enragées. Ses enfants jouaient avec insouciance dans la dernière pièce menant au balcon, comme si rien de grave ne se passait dans le monde.

D'après la seule radio active que nous recevons, ces choses ont infecté tous les continents, et je suppose que vous savez ce que cela signifie, n'est-ce pas ? Que n'importe quel jour, ces satanées choses peuvent se montrer et...

-Je ne voulais même pas y penser, mais, pour être honnête, nous devons nous faire à l'idée qu'ils pourraient s'avérer être un horrible cauchemar. Dieu nous en préserve. Commenta-t-il cette fois, le doigt sur la gâchette de l'arme, et se hissant anxieusement sur un vieux rocking-chair. Karly attendait en silence, plongée dans ses pensées, imaginant l'avenir noir de sa famille dans ce monde infesté de bêtes horribles qui ne pensaient qu'à vous arracher la tête. Un avenir que, même dans ses pires cauchemars, elle n'aurait jamais imaginé connaître.

Quelques mois plus tard, ce que Luke et Karly craignaient le plus s'est réalisé dans leur nouvelle résidence. La maison en bois de deux étages était assiégée par ces créatures ressemblant à des zombies, mais cent fois plus terrifiantes et maléfiques. Et il est notoire qu'elles ne sont pas venues avec de bonnes intentions, bien au contraire : elles sont venues pour les dévorer ou, au mieux, pour les infecter.

-Tire, Karly, n'hésite pas à le faire. -cria Luke en désespoir de cause, barricadé en haut du balcon, en tirant encore et encore sur les têtes des entités maléfiques, comme il les appelait. Au fur et à mesure que la bataille avançait, ils commençaient à manquer de balles, jusqu'à ce qu'ils finissent par se résigner à la fin de tout cela. Ils savaient qu'ils ne pouvaient pas faire grand-chose contre ces choses. Luke rassembla donc toute sa famille sur le bord du vieux balcon, et leur fit part de ses sentiments et de son amour, sans oublier son dernier adieu :

"Aujourd'hui 31 décembre 2037, Dieu merci, nous avons pu célébrer notre dernière nuit ensemble. Malheureusement, c'est la vie, dans quelques secondes nous serons séparés, pour une courte période dans l'obscurité totale, mais quand nous les ouvrirons, croyez-moi mes enfants, il n'y aura plus de malheur, nous serons heureux pour toujours, sans jamais être séparés".

Quelques secondes après avoir prononcé ces mots mélancoliques, tristes et pleins d'amour, la famille Brown a décidé de se suicider en se jetant de la balustrade du balcon. Lorsque les choses se sont finalement effondrées sur eux, ils étaient heureusement décédés et n'auraient pas eu à subir les affres de l'infection. Luke Brown et sa famille bien-aimée sont décédés le 31 décembre 2037. Dans le sac à main gauche du virologue se trouvait le remède contre le virus Zalfa. Malheureusement, il n'y a plus d'espoir. En effet, le virus avait muté en de nouvelles souches plus mortelles et plus dangereuses. Désormais, non seulement les humains sont infectés, mais tous les animaux terrestres et marins sont à sa merci. À ce stade, il était presque impossible de faire quoi que ce soit. Seuls ceux qui s'étaient réfugiés dans des bunkers souterrains étaient en sécurité, tant qu'ils ne manquaient pas de nourriture.

Les meneurs, ceux qui avaient lancé tout le projet d'armes biologiques et qui, après avoir constaté le pouvoir colossal du vaccin, l'avaient utilisé contre l'humanité, avaient pour la plupart été infectés ou dévorés et, dans le meilleur des cas, se promenaient peut-être maintenant comme des morts-vivants. En quelques mois, les gouvernements ont cessé d'exister à la surface du globe. Et l'apocalypse commençait à régner...

Chapitre 9

Cinq longues années après que cent pour cent des espèces de la planète ont été infectées par le virus Zalpha et ses variantes, un groupe de militaires chinois de haut rang qui avaient survécu dans des bunkers souterrains ont lancé l'opération Final, qui consistait à lancer la majeure partie de l'arsenal nucléaire qui pouvait encore être activé sur ces engins. L'impact de l'opération thermonucléaire a été si colossal que, depuis l'espace, on pouvait voir les dégâts brutaux causés à la croûte terrestre. Une fois que les explosions se sont arrêtées, elles ont laissé une scène apocalyptique, où toute vie sur terre et en mer a cessé d'exister. Les quelques humains restés sous les bunkers, s'ils ont réussi à survivre, devront être très patients jusqu'à ce que la terre puisse se régénérer dans des milliers d'années...

Merci *beaucoup*.

Chapitre 10

Sur ses traces

Une histoire basée sur des faits réels

L'esprit d'Herny Racher tournait en boucle après avoir appris que l'amour de sa vie sur Internet lui avait avoué qu'elle avait joué pendant cinq ans avec lui, et qu'elle l'avait fait uniquement pour qu'il ne se tue pas lorsqu'elle l'avait rencontré dans ce maudit salon de discussion en pleine dépression, mais qu'elle ne l'avait jamais considéré comme un petit ami. Qu'elle lui pardonnait, mais qu'elle était heureuse maintenant avec son partenaire.

Les larmes coulaient à flots sur ses joues, mais à l'intérieur, son âme se fragmentait en mille morceaux. Une partie de lui voulait réfléchir rationnellement, mais une autre, plus sombre, se précipitait sur lui et réclamait justice. Cependant, il a beau essayer pendant des années, il n'arrive pas à trouver l'origine de l'amour de sa vie. Racher a donc décidé de choisir la facilité. Libérer toute sa haine et devenir un psychopathe sanguinaire.

Bonjour", dit-il avec hésitation à la caissière d'un grand magasin, en passant une cagoule froide du genre de celles que les motocyclistes portent habituellement dans le groupe. Le fait est que Herny était très timide avec les femmes, à 35 ans il n'avait jamais eu de relations intimes, et encore moins de baisers, et ce n'était pas qu'il n'était pas attirant, mais apparemment il avait découvert qu'il avait un attachement évitant ou quelque chose comme ça, car il avait peur de s'engager et d'autres choses de ce genre.

Vingt-trois quatre-vingt-dix-huit", dit la caissière en passant son pistolet et en enregistrant le prix.

Avant qu'Ivi ne le trompe, il aurait toujours voulu trouver l'amour de sa vie d'une manière idéale, comme dans les films, mais que peut-on attendre d'autre. C'est comme ça.

-Je vois que vous partez en excursion", dit la femme d'environ 45 ans. Bien qu'elle ne soit pas du tout gracieuse, en raison de son manque d'estime de soi, il se sentit extrêmement rougir de la voir à un demi-mètre de lui.

Pourquoi dis-tu cela ? répondit-il, marmonnant légèrement à cause de ses nerfs.

-A cause des chaussures de randonnée.

Il réfléchit un instant, puis secoue légèrement la tête en signe d'assentiment.

-Non, je ne les achète que pour le travail.

- Ah !", s'exclame-t-elle avec un sourire chaleureux et sincère.

-Eh bien, pour tout, ce sera 150 dollars, monsieur.

Après avoir réfléchi une seconde, Herny paya. Elle avait l'habitude de toujours porter l'argent dans sa main, ne perdant pas de temps à éviter toute l'attention portée sur sa personne, surtout lorsqu'elle était de sexe féminin.

Mais une fois ces moments embarrassants passés, la personnalité malveillante d'Herny s'est révélée.

Ecoutez Herny, vous auriez tué cette salope, n'est-ce pas ? -Herny secoua la tête comme pour se débarrasser de ce fichu démon qui le poussait à avoir des pensées homicides. Et Ivi était le coupable, répétait sans cesse une petite voix dans sa tête.

À vrai dire, Herny n'a jamais été d'une personnalité agressive, alors en réfléchissant logiquement, il était quelque peu inquiet de ce qui se passait dans son esprit. Mais c'est juste que la haine l'envahissait de façon incontrôlable et qu'il voulait l'extérioriser. C'est comme si Herny était le côté positif, mais que Racher essayait de l'éclipser.

Ce matin de septembre, il s'est rendu dans quelques autres magasins pour s'approvisionner en ce qu'il appelait en quelque sorte des "outils de travail". On sait qu'il s'est arrêté dans une quincaillerie pour acheter un marteau, une pince et des sangles. On pourrait croire qu'il se préparait à un travail spécialisé. Mais ce n'était pas le cas. Depuis l'âge de 17 ans, Herny a toujours travaillé de manière irrégulière dans des emplois non qualifiés. Depuis la mort de ses parents, il y a environ cinq ans, il ne travaillait plus et vivait d'un petit commerce automatisé sur Internet qu'il avait créé, ce qui lui permettait de gagner suffisamment d'argent pour ne pas mendier.

Pendant sa jeunesse, il a connu la précarité financière parce qu'il n'a pas fait long feu dans les emplois en raison de son manque d'estime de soi, etc. Il a toujours voulu prouver à ses parents qu'il était capable, mais n'y est jamais parvenu.

Herny, tu m'entends (rires sinistres), vas-tu laisser ton âme se déchirer à cause de cette salope qui t'a fait tant de mal, ou vas-tu continuer à l'aimer en silence comme un perdant ? (rires sinistres) - Allez ! ne sois pas lâche, tu dois sortir pour faire ce que je te dis de faire, allez ! fais-moi confiance. Il répétait ces mots en boucle. Herny ne voulait rien faire. Même si elle n'avait plus beaucoup de raisons de vivre. Elle n'avait plus de famille, plus de petite amie, plus d'amis ni de connaissances dans la ville où elle vivait. La plupart des gens de l'âge d'Herny ont déjà une famille avec des enfants, et pour autant qu'ils puissent s'en sortir, ils sont stables, mais Herny, avec ses problèmes émotionnels et autres, ne l'était pas. Mais il avait déjà un partenaire qui était actif dès le moment où il a été amené dans sa réalité.

- Je ne sais pas ce qui ne va pas chez moi", se murmure-t-il entre ses lèvres, comme s'il prenait garde à ce que personne ne l'entende au-delà de son alter ego.

Il jeta un coup d'œil au fond de la petite pièce où se trouvaient les sacs qu'il avait achetés. Il avait la chair de poule rien qu'en pensant à ce que cette petite voix en lui avait fait, réclamant justice.

-Je ne ferai jamais rien, jamais. Non non, je ne veux pas aller en prison. s'est-il répété plusieurs fois. Cela faisait des jours qu'elle était activée dans son esprit, et il luttait constamment pour l'empêcher de sortir et de le posséder.

Pourquoi résistes-tu, Herny ? s'écria la petite voix intérieure alors qu'elle se réveillait de sa sieste.

Laissez-moi tranquille, je ne ferai rien, je ne suis pas folle.

Alors qu'il luttait contre ses démons, son vice de chat l'a poussé à se connecter, et il a vu la Nick camouflée qu'il savait être elle flirter avec plusieurs personnes dans la salle. C'est à ce moment-là que la réalité l'a frappé. Elle avait disparu depuis trois ans, et lorsqu'il l'a confrontée, il a reçu un seau d'eau glacée. Dans son esprit tournent en boucle les mots d'un message privé dans le chat room : "Je suis désolé Herny, je ne t'ai jamais vu comme un petit ami, toutes ces années je ne t'ai vu que comme un ami, je ne voulais pas que tu te fasses de faux espoirs, j'ai déjà un fils, je vois la vie différemment, j'ai mûri. Je vis en couple, ne me cherche plus, ne me dédie plus subtilement des chansons, cela m'ennuie, tout cela ne sont que des souvenirs. Je veux entrer dans le chat, mais ne me harcèle pas. Tu es comme une ombre et je veux que tu me laisses tranquille".

Alors qu'Herny finissait de lire ces lignes écrites par elle, elle sentit une tempête tumultueuse se déchaîner en elle. Un profond regret envahit son cœur, et avec une amère rancœur dans son être, elle saisit l'ordinateur et le jeta rageusement contre le mur. C'était inouï, jamais de toute son existence il n'avait connu une explosion de colère aussi violente. En cet instant, il laissa émerger son sombre alter ego, libérant une part perverse de lui-même qui lui dictait des ordres macabres.

-Tu vois comme c'est facile ! Je ne te ferai pas de mal Herny, comparé à tous ces maudits amis, je ne te ferai jamais de mal. Au contraire, tu seras mon ami. -murmura encore une fois cette petite voix diabolique.

-Je crois que tu as raison, répondit le pauvre Herny. -Tout le monde m'a toujours humilié. Je me souviens à l'école et au travail. En disant tout cela, son cœur se serra à l'intérieur de lui. Et la haine et la destruction peuvent toujours venir d'un cœur noble. D'une âme blessée. Et c'est ce que fit Herny.

Après des semaines de planification de son modus operandis, Herny a emballé sa Camaro de 1966, qu'il avait achetée à un prix raisonnable, et s'est mis en quête de sa première proie.

Il a passé la plus grande partie de la nuit à errer dans les ruelles à la recherche d'une victime féminine solitaire, et lorsque la chasse semblait mal engagée, le destin ou le karma en a placé une devant lui.

Bonjour", salue-t-il à l'intérieur de sa Camaro silencieuse. La jeune fille l'ignore, le regard vide, et accélère le pas dans la rue solitaire aux phares tintinnabulants.

Hé, ma fille, je pourrais t'emmener en voiture", dit-il en haussant la voix. Herny lui-même était intérieurement surpris de ne pas se sentir nerveux à l'idée de faire la cour à une fille. Mais de toute évidence, c'était sa mauvaise personnalité qui prenait le dessus.

La jeune fille a réagi avec un peu d'agacement, mais ne s'est pas arrêtée.

-Non merci, ma maison est au bout de cette rue.

C'est alors qu'Herny appuya sur l'accélérateur. Il savait qu'il n'y avait pas de maisons au bout de cette rue, il a donc rapidement planifié quelque chose et s'est décidé. Il tourna dans une rue plus loin, où un lampadaire tintait. Il fit croire qu'il battait en retraite à toute vitesse. La jeune fille ne se doutait pas de ce qui l'attendait. Herny descendit de sa voiture avec une longue masse, et juste au moment où la fille s'approchait du bord pour tourner dans une autre rue, Herny s'avança sur le côté et lui asséna un violent coup avec le manche de la masse ; la fille s'effondra.

Le cœur battant, il s'empresse de charger le corps et de l'attacher dans la Camaro. Et il a appuyé à fond sur l'accélérateur.

En conduisant, Herny n'en croyait pas ses yeux, ses mains dégoulinaient de sueur sur le volant. Il devenait paranoïaque et se demandait ce qu'il ferait si la police lui faisait signe de s'arrêter. Mais son ami proche l'a réconforté.

-Allez Herny ! Arrête d'être un lâche, personne ne t'arrêtera. Tourne à gauche et prends les rues qui nous ramèneront à la maison. Et c'est ce qu'il fit. Pendant la marche, la jeune fille ne s'est pas réveillée.

-Elle est morte. - demanda-t-il. Son alter ego ne répondit pas, c'est juste qu'il ne sortait pas quand il le voulait.

Dans l'esprit chaotique d'Herny, des scènes inquiétantes se créent sur la façon dont il rendra la justice. Il avait acheté toutes sortes d'outils quelques semaines auparavant. Il voulait infliger le plus de souffrance possible à ses victimes, en particulier aux femmes ou aux jeunes couples qui s'aimaient.

L'image d'Ivi et de sa trahison était si vive dans son esprit que tout ce qui l'intéressait était de transformer sa haine en sang et en douleur. Dans son esprit, il ne voulait qu'anéantir tous ceux qui étaient heureux en amour.

Quelques jours plus tard

Tu vois Herny, ce n'était pas si difficile, n'est-ce pas ? Je remarque que tu as même aimé la façon dont elle a crié et supplié pour le pardon, tu te souviens ?

-Oui. marmonna-t-il en secouant légèrement la tête. Herny était un peu dans les vapes en regardant les journaux télévisés qui disaient : "Une jeune fille de 21 ans a disparu, ses traits et sa photo sont à l'écran... si vous savez quelque chose, appelez...".

-Ils ne peuvent même pas imaginer où se trouve la vérité, mon petit ami. -La petite voix diabolique chuchota à nouveau.

Herby se passa les mains sur la tête comme pour essayer de sortir de ce fichu cauchemar, même si, à vrai dire, tout cela était bien réel. Il secoua légèrement la tête et but quelques gorgées de Heineken.

Quelques semaines plus tard

Je veux recommencer", a-t-il soudain déclaré un jour avec une décision qui a surpris même son alter ego.

Qu'avez-vous dit ? J'aimerais croire que vous plaisantez. C'est trop tôt, tu ne crois pas ?

-Je ne crois pas, répondit Herny. -Je ne te l'ai pas dit, mais... j'ai ressenti du plaisir lorsqu'elle criait, pleurait de douleur et implorait le pardon. Dans ces moments-là, je pouvais voir le visage d'Ivi qui se tordait et implorait la pitié, mais tu sais... ? Il n'avait pas fini de réciter cette prière que la petite voix l'interrompit :

-Tu as raison Herny, c'est comme ça que je l'aime. Je vois que pendant des années tu n'es pas sorti dans la rue, tu te souviens ? tu as passé des mois sans même franchir la porte de ta maison qui donnait sur la rue, par pitié pour tes voisins, et maintenant tu veux....

Herby acquiesça, - mais c'est différent, nous ne sortirons que la nuit lorsque nous ferons cela. Je veux une femme avec les caractéristiques d'Ivi, mais je ne sais pas si nous pourrons en trouver une", dit-il avant de regarder son téléphone portable et de voir une photo d'elle, dont il ne pouvait confirmer qu'il s'agissait bien d'Ivi, mais la haine qu'il éprouva en voyant cette photo le fit se mordre les lèvres de rage. C'était une fille aux cheveux noirs bouclés, probablement une Latina d'Amérique du Sud ou d'Amérique centrale. Un corps de sirène, un visage moins gracieux, mais elle avait le profil d'une fille exotique.

Je t'ai dit, Herny, de ne pas tomber amoureux, c'est pour ça que tu t'es enfui de la grosse, n'est-ce pas ? C'est pour ça que tu t'es enfui de la grosse fille, n'est-ce pas ? Tu ne voulais pas te sentir à nouveau rejeté... tu voulais oublier cette salope ", lui demanda son alter ego. Herny ne dit rien. Bien qu'au fond d'elle, elle ressentait de l'amour pour cette femme ronde, même si elle n'était pas aussi gracieuse et que ses bonnes années étaient derrière elle, elle éprouvait vraiment de l'affection pour elle. Mais à cause de la haine qu'elle ressentait, elle préférait rester à l'écart et ne pas la blesser en tout cas.

Une semaine plus tard

C'est dangereux, Herny, ne fais plus ça", dit son alter ego un peu inquiet, "tu veux aller en prison ? je ne supporterais pas beaucoup l'enfermement", ajouta-t-il. Herny ne dit rien pendant une seconde, puis il dit.

-C'est toi le lâche, ton petit ami,

Ce n'est pas ça, répondit la petite voix, mais tu es devenu fou Herny, six morts en un mois... la police n'est sans doute pas loin, il y a des indices de ton emportement... depuis que nous avons commencé il y a environ 12 mois, tu en as déjà eu plus de 20, et ce n'est pas normal, ajouta-t-il.

Bien sûr que je sais, mais je n'ai jamais pensé que cela deviendrait un vice", a-t-il répondu. Et puis, je ne pense pas qu'on se fasse prendre. Je te l'ai dit. Je n'irai jamais en prison. C'est pour ça que j'ai acheté ce super 38 qui est en haut de l'armoire, juste au cas où....

-Oui, oui, mais..." la petite voix s'arrêta à la perspective de la réalité de l'auto-suicide si elle était prise, elle savait qu'Herny allait trop loin, et cela n'avait pas d'importance si elle se cachait dans son esprit pour l'apaiser. Herny était déjà déchaîné de haine. Il ne cherchait qu'à assouvir son amertume pendant la torture de ses victimes. Il ne voulait que voir du sang et entendre les supplications et les gémissements de ses victimes sous la cave. Une cave rustiquement aménagée, creusée sous la terre, et une vieille lampe à huile qui éclairait l'endroit étroit. Et il lui était de plus en plus impossible de le contrôler.

-Dans mon cas, j'ai atténué la haine, la justice que la chienne méritait était suffisante, vous devriez vous calmer. Pour ma part, je ne m'y attarderai pas longtemps.

Non, cria-t-il d'un ton déterminé. -Je veux retrouver Ivi, mais cette salope est intelligente. Elle m'a toujours identifié dans le chat, donc c'est impossible de lui soutirer des informations, de la retrouver. En plus, d'après ce qu'elle m'a dit, elle vit en couple, j'ai remarqué qu'elle a changé de mentalité aussi, mais je te jure que je vais l'achever.

Après avoir écrit cela dans son journal, Herny a été retrouvé mort le 11 juin 2007 dans sa maison au bord du lac. Selon l'autopsie, il s'agit d'une overdose de crystal meth. Une partie de cette histoire a été retrouvée dans son carnet.

Selon le ministère public, on ne sait pas combien de morts il a causées, car le carnet et les notes de Herny Racher n'en indiquent que sept. Heureusement, l'esprit d'Herny a été éteint et il s'en porte mieux. Une vie qui ne pouvait pas être heureuse et au lieu de choisir le bien : il a choisi la voie de l'autodestruction,

Chapitre 11

Têtes de porc

-Allez ! Allez ! Bon sang, allez ! - On entendait un homme grommeler désespérément au milieu d'une route déserte et poussiéreuse. A en déduire de cet endroit éloigné de la ville : il se passait quelque chose, et ce n'était pas normal à en juger par les mouvements erratiques de cet homme et la façon dont son compagnon se retournait dans tous les sens.

Après moins d'une minute de manœuvres et d'échecs à bord de cette vieille berline de 1975, ils ont rapidement fait demi-tour et sont repartis à travers les grandes rangées de maïs qui jonchaient la région.

- Mon Dieu, j'ai peur, Sam", dit-elle doucement. Il la regarda tout en marchant lentement, tenant une pierre au cas où.

-Silence Susy. Je ne pense pas qu'il reste plus de deux heures et le soleil va se coucher, et ce sera notre heure, répondit-il. Mais... il vaut mieux attendre de ce côté, nous allons traverser ce champ de maïs et attendre au bord de ce chemin de terre", ajouta-t-il. Elle acquiesça.

C'est ce qu'ils ont fait. Après avoir parcouru au moins deux kilomètres d'un bout à l'autre du champ, ils s'arrêtent brusquement devant une scène macabre.

-Bon sang de bonsoir Susy, regarde ! -s'exclame Sam en montrant du doigt le côté du milieu de la route.

Oh, qu'est-ce que c'est ? dit-elle doucement, se couvrant la bouche pour ne pas pousser un cri de terreur.

-C'est un homme brisé presque en deux morceaux. -chuchota Sam.

-Je ne veux pas mourir. ajoute-t-elle entre deux sanglots silencieux.

-Je suis désolé Susy, c'est de ma faute si je me suis engagé sur cette route, j'avais juste envie d'un peu d'aventure.

-Je sais, chérie, ça n'a plus d'importance.

Sam et Susy étaient un jeune couple marié de moins de 30 ans qui traversait, comme tous les couples après presque trois ans de mariage, des problèmes peut-être surtout dus à la monotonie. Sam a donc décidé de se donner un second souffle et de remettre les choses à plat. Et quoi de mieux qu'un voyage à deux, loin de cette maudite ville.

Ces salauds ont coupé les fils de la voiture là-bas", dit soudain son mari à Susy, qui était un peu dans tous ses états. Ces salauds, qui sont-ils ? reprit-il.

Je ne sais pas Sam, mais ils me font peur, nous avons failli être pris dans celui-là il y a quelques heures.

-Silence. Il l'ordonne, alors que du côté gauche de la route sortent de la zone boisée trois grands gaillards de plus d'un mètre quatre-vingt-dix, portant d'affreux masques de cochon apparemment fabriqués de manière rudimentaire à partir du cuir véritable de je ne sais quoi. Chacun de ces types avait de longs couteaux à la main, et pour déduire : ils venaient vers le cadavre d'un homme blanc qui gisait là, coupé presque en deux. Sa tête regardait dans la direction de la paire avec des yeux qui sortaient presque de leurs orbites.

- Ne bouge pas pour l'amour du ciel, chérie", lui ordonne à nouveau son mari. Elle déglutit et acquiesce.

Sam était immobile, il respirait à peine, et ils étaient à peine à sept mètres de l'endroit où les hommes s'étaient arrêtés pour commencer à traîner le corps, probablement en le traînant.

Calme-toi mon amour, c'est réel, ce n'est pas un rêve, alors ne fais rien d'insensé. Elle acquiesça de nouveau. Au fond d'elle-même, elle avait envie de crier et de se réveiller de ce fichu cauchemar. Le fait est que Sam avait initialement prévu de parcourir 150 kilomètres à l'est du Massachusetts pour se rendre à Parraut, dans les montagnes, mais, mystérieusement, la carte qu'il avait achetée dans une échoppe bon marché l'avait conduit à un autre endroit inconnu. C'est la raison pour laquelle il s'est peut-être détourné de son chemin lorsqu'il s'est senti perdu.

Après une heure d'attente, le soleil commençait à se coucher par intervalles, le fait est que c'était désespéré, ils devaient sortir de cet endroit en descendant le chemin de terre, comme les gars l'avaient fait en montant. Le fait est qu'ils devaient avancer et sortir de cette zone où se trouvaient ces maudites têtes de cochon.

- Susy, nous devons aller de l'autre côté de cette clôture de barbelés, viens ! Je vais d'abord t'aider", dit-il après avoir parcouru une trentaine de mètres dans le maïs devant eux, où ils ont décidé de partir.

Pas plus de cinquante mètres s'étaient écoulés lorsqu'une flèche transperça avec une telle violence l'œil droit de Susy qu'elle tomba mollement aux côtés de Sam. Sam se tourna immédiatement vers l'arrière et, comme on pouvait s'y attendre, trois énormes hommes à tête de cochon se tenaient debout. L'un d'eux tenait à la main un arc qui semblait fait d'os humains. Sam se sentit mourir intérieurement, que pouvait-il faire, pensa-t-il, courir ? Mais si ces types étaient apparemment nombreux, ce n'étaient pas les mêmes que ceux qu'il avait vus quelques heures plus tôt sur la route. Ils l'avaient sûrement déjà en ligne de mire. Mais l'instinct de survie est plus fort, même si l'on sait que l'on n'a aucune chance.

Il n'était pas non plus un prodige athlétique, Sam, même s'il avait gagné quelques tournois de lutte au lycée, mais il savait que cela ne l'aiderait pas face à de tels mastodontes. C'est alors que ces psychopathes se mirent lentement à bouger. Sam était figé, il ne savait pas quoi faire et n'avait pas l'intention de faire quoi que ce soit. Et puis l'impensable s'est produit. Il tomba à genoux et se résigna à mourir...

Le corps de Susy gisait face contre terre, couvert de sang. Il s'est retourné pour la regarder et a alors remarqué qu'elle respirait.

Comment est-ce possible ? - murmura-t-il. Puis elle tourna la tête vers lui. Sam fut surpris et sursauta d'effroi. Devant une telle scène, Susy se mit à pouffer de rire et les sujets s'arrêtèrent de marcher vers eux.

- Qu'est-ce qui se passe, Susy ? -bredouille Sam, qui ne termine pas sa phrase, consterné.

À son grand étonnement, Susy s'est redressée et, apparemment, la flèche était factice et n'avait pas endommagé son œil.

-Votre oeil va bien ! - s'exclama-t-il avec un tel étonnement qu'il crut délirer. Alors Susy s'avança vers les têtes de cochon sans la moindre crainte. Elle se plaça devant eux et se mit à ricaner de façon diabolique. Les têtes de cochon se mirent à ricaner avec elle. Et il arriva qu'alors, derrière la route vallonnée et sur le côté du champ de maïs, d'autres têtes de cochon commencèrent à sortir.

Lorsqu'ils eurent tous fini de partir, Susy cria d'une voix grave : "Sam, Sam, Sam. Susy a crié d'une voix basse et rauque : "Sam, Sam, Sam, rien de personnel, chéri, mais....".

Sam l'a interrompue :

- Dis-moi ce qui se passe ici Susy ? C'est une blague... Je mérite une explication. Ce n'est pas un putain de rêve.

-Non Sam, ce n'est pas une blague, ça n'a rien de personnel non plus, mais c'est la vie. Tu as été victime des circonstances.

De quoi parlez-vous ?

- Sam, je ne t'ai jamais aimé. Ma vie a toujours été ennuyeuse dans la ville et toutes ces bêtises. Quand je t'ai rencontré, je t'ai toujours bien aimé, mais je t'ai épousé pour l'argent, je savais que tu avais une affaire et tout, et je voulais que ce soit légalement possible, normal. Mais j'en ai assez, mon véritable amour, c'est ce type qui est avec moi", dit-elle en désignant l'homme à la tête de cochon qui se trouve à sa droite. Sam sentit alors un coup de poignard lui transpercer l'âme, comment était-ce possible ? se demanda-t-elle encore et encore.

-Nous sommes ensemble depuis presque trois ans, nous avons même prévu d'avoir un bébé l'année prochaine et toi, tu joues avec ça.

-Sam, je suis désolée chéri, mais tu n'es rien pour moi, j'ai été dégoûtée de partager un lit avec toi. Alors comment dire, ça n'a rien de personnel", répéta Susy en souriant subtilement avec une grimace. Ecoute, quand je t'ai vue sur cette photo il y a trois ans, dis-je, il est célibataire, et donc j'ai tout prévu, je savais que si tu mourais, j'aurais tout.

-Tu es une putain de salope. -s'est écrié Sam avec colère en apprenant qu'il avait signé, il y a onze mois, que tous les biens matériels reviendraient à sa femme en cas de décès.

-Sam, ne complique pas les choses, car si tu énerves un de mes garçons, tu vas le regretter. répond-elle d'un ton moqueur.

Après avoir dit cela, Susy se dirigea vers un grand arbre derrière elle et s'assit immédiatement avec son homme à tête de cochon.

Les autres hommes masqués commencèrent alors à s'approcher lentement de Sam.

On entendait au loin les cris de terreur à glacer le sang de Sam, qui était littéralement écorché, puis lentement empalé par un groupe, et placé sur un petit autel d'une chose informe et blasphématoire.

En effet, le groupe s'est mis à danser autour d'un dieu en bois et recouvert de peaux humaines... quelque chose de grotesque, comme si ce groupe d'hommes à tête de cochon faisait partie d'une secte maudite et perverse. Et puis Susy a mis son masque de cochon et s'est mise elle aussi à danser autour du corps mutilé de son mari.

Chapitre 12
L'ombre

Qu'est-ce que c'est que ça ?", se demande Jack, encore et encore, dans cette cabane isolée au milieu de la forêt. Il avait loué une cabane pour un mois loin de son pays, il voulait s'éloigner un peu de son entreprise à New York. Il aimait la solitude, et il avait déjà vécu des dizaines de fois ce genre d'aventures à travers le monde. Surtout en Asie, mais cette fois-ci à l'est de l'Écosse. Dans la région de Radiu, une région encore peu explorée, mais avec quelques cabanes le long de cette réserve appartenant à Wilicon Companie, une société immobilière qui avait eu la clairvoyance de louer ces cabanes à des personnes fortunées, surtout pour le plaisir de la solitude. Elles étaient généralement inoccupées à cette période de l'année où Jack s'y rendait.

Jack était connu pour être un homme peu téméraire. Il avait des nerfs d'acier, mais ces bruits étranges à l'extérieur de la cabine de cinq mètres sur quatre le tourmentaient. Il ne savait pas de quoi il s'agissait ; d'après la compagnie, il n'y avait pas d'animaux dangereux autres que des ratons laveurs et autres. Mais ce qui l'alarmait le plus, c'était quand les bruits commençaient et que la lumière électrique se mettait à tinter, pour s'éteindre complètement quelques minutes plus tard.

Il a placé une lourde table basse près de la porte, et dans la fenêtre, il a mis un petit bureau au cas où. La cabane était perchée sur une petite colline, nichée au milieu d'arbres et de brindilles denses.

Jack n'arrivait pas à imaginer qui pouvait bien essayer d'entrer à une heure pareille. Il tenait dans sa main une lampe qui, comme par hasard, ne fonctionnait pas non plus. La seule arme dont il disposait était un pistolet à blanc qu'il portait sur lui, la seule chose qu'il était autorisé à porter selon les protocoles de sécurité de l'entreprise.

Son esprit était bombardé de malédictions, c'est qu'après sept jours merveilleux dans cet endroit, après cet incident, cela commençait à devenir un cauchemar sanglant. Heureusement, Jack n'était pas nerveux et avait réussi à garder son sang-froid jusqu'à présent. Tout ce qu'il pouvait faire, c'était attendre et tenir le pistolet à blanc au cas où un cambrioleur essaierait de s'introduire dans la maison.

Dans son esprit, ce voyage devait lui permettre de rester concentré sur ses projets et de ne pas mourir de stress. Jack, 45 ans, était un homme d'affaires prospère dans une société d'énergie qui travaillait avec le gouvernement. Avec un chiffre d'affaires annuel de plus de 400 millions de dollars, Jack était très riche à l'époque, et particulièrement occupé, mais il prévoyait toujours dans son emploi du temps des voyages à l'écart de l'agitation. Il avait toujours passé deux semaines tranquilles de cette manière. Sa famille connaissait sa routine annuelle, il ne s'inquiétait donc pas de sa sécurité lors de ces voyages. Et il savait qu'il serait toujours bien où qu'il aille.

Les bruits commencèrent à diminuer progressivement. Jack se calma un peu, même si, dans son esprit, il continuait à penser que la façon dont les bruits étaient produits était systématique, et qu'il ne pouvait donc pas s'agir d'ours ou de tout autre animal à quatre pattes capable de faire cela, puisqu'il n'y en avait pas dans cette zone. Donc, quel que soit le générateur de cette force bruyante qui a tenté d'ouvrir la porte de cet endroit : il était d'origine humaine.

Malgré la fatigue et à peine trois heures de repos, il reste éveillé, attentif à l'infime possibilité que la cause du mystère revienne.

Vers trois heures du matin, au grand soulagement de Jack, la lumière est revenue de manière inattendue, suggérant que sa crainte d'une intrusion humaine était plutôt le fruit de sa propre paranoïa. Maintenant que tous les services sont rétablis, il considère qu'il a été victime d'une simple paréidolie mentale, bien qu'il finisse par se ressaisir et se rendre compte de la réalité. Ne perdant pas de temps, il décide d'appeler rapidement l'opérateur de la société.

"Désolé de vous déranger, mademoiselle. Je crois que j'ai été réveillé par des gens il y a quelques heures. J'aimerais savoir s'il s'agit de l'un de vos employés", dit poliment Jack au téléphone.

L'opérateur, agissant rapidement, a passé quelques appels pour confirmer rapidement qu'il ne s'agissait pas d'un membre du personnel de l'entreprise, suggérant qu'il pouvait s'agir d'une activité animale telle que des blaireaux ou des hiboux.

Excusez-moi, mais ce que j'ai vécu ne peut pas être le fait d'un quadrupède ou d'un oiseau. Quelqu'un a essayé d'ouvrir la porte, même la poignée bougeait. Nous savons qu'aucun animal n'est capable de faire cela, à moins qu'il ne s'agisse de singes, mais nous ne sommes pas en Afrique, nous sommes en Suède, où de tels animaux n'existent pas.

-Je comprends, M. Jack Ramsin. Dans une demi-heure, nous enverrons un agent de maintenance dans votre cabine. Veuillez patienter et m'excuser pour la gêne occasionnée", a répondu l'opérateur en se voulant rassurant.

-D'accord", répond l'homme d'affaires, un peu plus calme.

Jack prend dans ses mains un livre qu'il a l'habitude de lire, intitulé "Overcoming CEO Challenges". Il l'ouvrit avec l'intention de passer le temps et commença à en lire les pages. Cependant, alors qu'il tentait de dévorer la première page et de passer à la suivante, ses paupières commencèrent à se fermer progressivement jusqu'à ce qu'il sombre dans un profond sommeil.

30 minutes plus tard

"M. Jack Ramsin, bonjour. Je suis Bob, le technicien de maintenance. Je suis Bob, le technicien de maintenance. Je viens voir quel est votre problème", dit le technicien en s'approchant de la porte.

"Mais qu'est-ce qui se passe ? " s'exclama M. Jack, surpris, en sautant du lit et en allant ouvrir la porte. En jetant un coup d'œil autour de lui, il s'aperçut que tout était sombre et son instinct lui dit que quelque chose se cachait dans l'obscurité. "Bonjour, M. le technicien, vous êtes là ?"

Cependant, alors que son instinct lui hurle de fermer rapidement la porte, il reçoit un coup et tout s'assombrit.

Une demi-heure plus tard

Jack ouvrit lentement les yeux, reprenant conscience. Une voix rauque et rugueuse, clairement masculine, résonne au fond de la pièce.

-Jack se sentait étourdi, même si cela faisait au moins 20 minutes qu'il avait été frappé. Qui êtes-vous, monsieur ? -demande Jack, alors qu'il est attaché pieds et poings à une chaise. En réalisant la situation, il a paniqué, ne sachant pas ce qui se passait.

J'exige que vous me relâchiez ! Qui êtes-vous ? -s'écrie Jack, visiblement bouleversé.

La voix sombre a répondu : "M. Jack Ramsin, j'ai attendu tant d'années que vous fassiez cela....".

L'homme d'affaires ne peut se contenir et répond : "De quoi parlez-vous ?" Lorsqu'il réalise qu'il s'agit du technicien de maintenance de l'entreprise, sa fureur s'intensifie encore.

"Si je m'en vais, non seulement vous perdrez votre emploi, mais vous irez en prison pour...", commence Jack, mais il est interrompu par l'homme barbu, qui semble avoir une trentaine d'années, mais qui paraît plus âgé à cause d'une brûlure au visage et d'une vie probablement difficile.

"Calmez-vous, M. Jack", dit l'homme. Le technicien laissa échapper un rire qui résonna dans la pièce, mais s'arrêta brusquement, son visage se transformant en une expression sérieuse et pleine de haine.

"Rappelez-vous, M. Jack, la servante d'il y a plus de 20 ans et le garçon sur lequel vous avez jeté de l'eau bouillante parce qu'il essayait de défendre sa mère", dit l'homme en se levant lentement. Le visage de Jack passa de la mine renfrognée à l'effroi. C'était un rappel clair de son sombre passé.

"Jack a réussi à prononcer quelques mots avant de s'arrêter, et le technicien a hoché la tête. Puis, il laissa échapper un rire.

"Vous savez, M. Jack, lorsque vous avez assassiné ma mère, vous avez commis l'erreur de me laisser en vie", dit-il en riant. "Je me souviens encore du moment où vous avez jeté le corps de ma mère dans ce ravin et où vous m'avez laissé le visage brûlé par l'eau dans ce centre-ville. Mais vous pensiez que j'oublierais tout, pas seulement les humiliations que vous avez infligées à ma mère et les viols. L'heure est venue de payer, et croyez-moi, le technicien, ce n'est pas moi... cet individu est mort maintenant".

Le visage de Jack est trempé de sueur et la peur l'envahit alors qu'il contemple la malice sur le visage de l'homme. La torture qui l'attendait était indescriptible. L'homme ouvrit une boîte remplie de divers objets spécialement conçus pour la torture.

"Commençons, M. Jack. Je pense que je vais vous faire une pédicure et ensuite changer quelques dents..." dit-il en s'approchant.

Merci de votre attention.

www.ingramcontent.com/pod-product-compliance
Lightning Source LLC
Chambersburg PA
CBHW031426160726
47993CB00003B/1413